눈으로, 마음으로

노은님 시화집

눈으로, 마음으로

나무와숲

송충이는 솔잎을 먹어야 살 듯이 나는 그림을 그리지 않고는 못 배기는 사람이다. 어느덧 나이 70이 되고 독일에 온 지도 46년이라는 긴 세월이 금세 가버렸다. 나는 23세의 젊은 나이에 함부르크에 도착한 후 새로 태어난 아이처럼 먹는 것, 자는 것, 걷는 것, 말하는 것을 처음부터 새로 배워야 했다. 이때 나는 많은 시간을 깊은 고독과 수없는 방황 속에서 마치 큰 벌을 받는 사람처럼 지냈다. 외로워서 괴로웠고, 괴로워서 외로웠다. 나는 그 덕에 많은 그림을 그려냈다. 이때 내가 바라던 것 딱 하나, 그것은 이 모든 것들이 어느 날 내 그림 속에 같이 남아 있기를 바라는 것뿐이었다.

나는 그림 속에서 세상의 많은 것들을 깨달았고, 내가 큰 대자연 앞에서 아무것도 아닌 작은 모래알 같은 존재임을 알았다. 이 세상의 모든 것은 상대적이다. 있는 것, 없는 것, 사는 것, 죽는 것 모두 마찬가지다. 어느 힘에 의해 이루어지는 것을 느끼는 것뿐이다. 나는 이 모든 것을 받아들이는 큰 숙제를 느낀다. 나는 많은 사람들의 도움과 인연으로 화가가 되고, 젊은이들과 함께 그림을 그리고 가르치면서 늙는지도 모르고 지낸다. 나는 화가이고 교수이기 전에 운동선수다. 매일 뛰고 산다. 당나귀처럼 무거운 짐을 끌고 왔다 갔다 한다.

　예술은 내게 무한한 사랑과 늘 오래 참고 견디는 힘을 가르쳐 주었다. 또한 내게 이 세상의 모든 것이 잘 조화되어 있어 질서정연함 속에서 내가 함께 가고 있음을 가르쳐 주었다. 역마살이 잔뜩 낀 덕에 이 세상 한 바퀴 반을 거의 돌았다. 내가 더 하고 싶은 것이 있다면 많은 사람들에게 위로와 힘이 되고 즐거움과 사랑을 전할 수 있는 좋은 그림을 그리는 것뿐이다.

　이 세상에서 제일 큰 복은 인복이다. 많은 사람들의 도움 없이는 나에게 오늘이 없었으리라 생각하며 늘 고맙게 생각한다. 한스 티만 교수는 나를 구제해 주고 작가로 키워준 참 고마운 스승이다. 하고 싶은 대로 하는 게 예술이니 마음이 시키는 대로 하라고 그는 항상 말했다. 알아야 면장을 하지…. 나는 아무것도 모르는 철부지였기에 그의 말을 도통 이해할 수가 없었다. 지금의 나는 눈으로 마음으로 삶을 살고 있다. 난 아직도 70이 아닌 사춘기를 산다.

　한국은 나를 낳아 준, 독일은 나를 길러 준 고마운 두 나라이다. 내게 긴 두 팔이 있다면 이 세상 모든 것을 꼭 안아주고 싶고, 내게 긴 두 발이 있다면 이 세상 끝까지 걸어가고 싶다.

2015. 9. 30　Eun Nim Ro

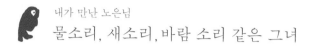
물소리, 새소리, 바람 소리 같은 그녀

길을 걷다가도 노은님이라는 이름을 생각하면 내 입가에는 피식거리며 미소가 번진다. 그 미소의 종류는 언젠가 다섯 살짜리 우리 막내 아이가 끙끙거리는 나를 두고 "그게 인생이지, 뭘 그래" 했을 때 내가 느꼈던 그런 신선한 충격과도 같은 것이다.

그녀와의 인연은 내가 『별들의 들판』이라는 재독 한인들의 이야기를 취재하기 위해 함부르크에 갔을 때부터 시작된다. 나는 그때 그곳 한인 성당에 주임신부로 재직하고 계셨던 이제민 신부님의 도움으로 여러 교포들을 만나고 있었는데, 그때 이제민 신부님께서 그녀의 이름을 내게 알려 주셨다. 화가로서는 아니었다. 내가 썼던 책 『고등어』에 나오는 여자 주인공의 이름과 똑같은 이름을 가진 여성이 여기 함부르크에 있다는 말이었다.

나는 오래전 기억을 더듬어 '내' 노은님을 생각했고, 노을 앞에서 검은 실루엣으로 휘청휘청 걸어가는 한 여자의 이미지를 보고 싶었다. 그리고 그녀를 만나고 싶다고 했다.

그런데 그때 그녀는 함부르크에 없었다. 독일 서남부 헤센 주의 미헬슈타트에 있는 그녀의 작업실에서 그녀는 여름을 난다고 했다. 나는 지체없이 기차를 탔다. 기차를 세 번이나 갈아타고 나는 그 동화 같은 도시에 내렸다.

미헬슈타트. 대천사 미카엘의 도시. 그녀는 미카엘 천사의 장난꾸러기 조카 같은 모습으로 거기 서서 나를 기다리고 있었다. 처음 그녀를 보았던 그때도 왈칵 웃음이 나왔다. 그토록 작고 그토록 천진하고 그토록 무심한 얼굴. 그녀는 내가 지어낸 소설 속의 노은님이 아니라 톰 소여나 허클베리핀, 혹은 그들의 비밀 아지트를 만들어 주는 숙모의 이미지 가까웠다. 나는 내가 이 여성을 더 사랑하게 될 거라는 것을 예감했다.

그녀는 역시 함께 함부르크 대학에 재직하고 있는 그녀의 독일인 남편과 함께 머물며 거기서 그림을 그리고 있었다. 두 사람은 소꿉친구 같기도 하고, 부녀나 모자 같기도 하고, 오랜 시간을 해로한 늙은 부부 같아 보였다. 묘했다. 그러나 그 무엇보다 더, 둘은 쌍둥이 같았던 것이다. 그들이 머무는 집은 한때 귀족이 쓰던 극장이었다고 했다. 부엌 뒤편으로 흐르는 개울엔 송어가 뛰놀고 있었고, 뒤편으로 이어진 긴 산책로 옆 낡은 성에는 늙어빠진 옛 공주가 아직도 산다고 했다. 그 공주조차 자신의 성에 방이 도대체 몇 개나 되는지 모른다고.

"어떻게 그럴 수가 있죠?" 내가 묻자, 그녀가 무심히 대답했다.

"안 세어 봤나 부지 뭐."

나는 그때도 한참을 웃었다. 맞는 말이었기 때문이다.

그날 밤 그녀가 나의 신상에 대해 이것저것 묻더니 포도주와 치즈를 내어 주며 다시 말했다.

"어서 다시다시 사랑해야지. 무엇이 그리 겁날 게 있나?"

나는 웃으며 순하게 고개를 끄덕였다. 그 무렵, 사랑이라는 단어에 몹시도 날카로워 있던 내 신경은 새로 빗질한 말갈기처럼 나란히 내 안에서 정렬했다. 이상했다. 그녀의 말은 물소리 같았다. 새소리도 같았고, 바람 소리 같았다.

나는 그녀와 또 그녀의 남편과 함께 앉아 그들이 내어 주는 포도주를 겁도 없이 홀짝거리고 마시며 많은 이야기를 나누었다. 그리고 그녀가 결코 만만치 않은 인생의 신산을 겪어낸 사람이라는 것을 알게 되었다.

하지만 그녀는 그녀의 그림처럼 둥글었다. 조약돌처럼, 아무도 오지 않는 옹달샘 옆 나무 위 둥지에 가지런히 놓인 따뜻한 새 알들처럼.

몇 개월 후였던가, 나는 함부르크에서 다시 그녀를 만났다. 알토나에 있는 성 요하니스 교회의 스테인드글라스를 보러 가기 위해서였다. 수많은 독일의 유명 화가들을 물리치고 어린아이와 같은 그녀의 그림이 스테인드글라스로 그 유서 깊은 교회를 장식하게 된 것을 취재하고 싶어서였다. 이번에는 내가 신세를 진 함부르크 한인 성당 주임 신부님을 함께 모시고 나갔다. 잠시 신부님이 자리를 비운 사이, 그녀가 내게 말했다.

"저 신부 괜찮은데……꼬셔 보지 그래?"

나는 그때도 배를 잡고 웃었다. 무엇인가 어설픈 금기가 내게서 산산조각이 나고 그 산산조각 나는 것이 이루 말할 수 없이 통쾌했다. 꼬신다, 꼬신다…… 지금도 웃음이 난다.

그런데 막상 신부님과 시내를 드라이브하는 동안, 그 신부님에게 '작업'을 건 것은 그녀 자신이었다. 이왕 함부르크에 사는 시민이 된 거, 이제부터 함께 사우나에나 다니지 않겠느냐고 물었을 때, 노신부님의 얼굴에 떠오르던 그 당혹감이라니. 나는 뒷자리에 앉아 하염없이 웃었다. 독일의 사우나는 남녀 공용 목욕탕이라는 것을 아는 사람은 알 것이었다.

그런데 노은님의 '꼬심'에는 곰팡내가 없다. 거기에는 인공 감미료가 없다.

그것은 그냥 봄이 오면 우는 뻐꾹새들처럼, 피어나는 꽃들처럼 무심하고 아름다웠다. 그리고 모든 자연이 그렇듯 우리를 편안하게 하고 멈추어 서게 하고 그리고 잠시 생각하게 한다. 우리는 대체 어디로 와서 어디로 가는가를.

그녀의 그림 또한 그러하다.

소설가 공지영

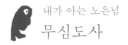

내가 아는 노은님
무심도사

어느 새 돌아보게 되는 날들이 훌쩍 많아진 나이가 됐다. 쉰 살을 넘긴 늙은 이들은 무슨 재미로 살까가 궁금하고 측은했던 게 어제 같은데. 긴 젊은 날들 세상을 떠돌며 주워 모아 온 삶의 조각들을 이제는 다 깔고 지긋이 앉아서 그 알맹이들을 그려내고 있는 사람이 노은님 씨다. 뒤늦게 만난 우리는 둘 다 화려한 봄날의 설레임과 찌는 듯한 여름의 갈증과 외로움의 방황을 그림이라는 요술 지팡이에 기대어 용케 살아남아서 맑고 시원한 가을을 맞는 참전 용사들 같다.

세월이 많이 변해서 예술의 형태나 화가들의 작업 모습도 많이 달라졌지만, 우리는 아직도 아침 기도를 드리러 빈 방에 들어가는 수도승처럼, 빈 화실에서 자기와의 춤과 싸움에 임하는 재래종들이다. 옆에서 먹을 갈고 차를 끓이는 사동을 하나쯤 거느릴 만한 형편이 되었는데도, 여전히 혼자 빈 종이와 싸우고 놀고 하는 은님씨는, 내 앞을 큰 걸음으로 조용히 걸어가는, 그러다 가끔 이 지구상 어느 곳에서 만나 서로의 삶을 나누는, 나의 작은 영웅이다.

몇 해 전, 나의 개인사로 속이 시끄럽고 어찌할 줄을 모를 때 그녀를 찾아갔다. 나는 눈물부터 흘리며 하소연을 시작하는데, "아, 이거 먼저 듣고 이야기

하자" 하며 머리 위에 해드폰을 씌워 주고 나가 버렸다. 긴긴 목탁 소리, 침묵, 창 밖에 흐르는 시냇물, 끝없이 주문처럼 들리는 말들은 금강경 낭독이었다. 얼마 후에는 나도 할말이 하나도 없어져 그냥 둘이서 저녁을 먹었다. 그때부터 나는 그녀를 '노보살'이라고 부른다.

또 독일 남부 미헬슈타트에 그녀가 공들여 지어 놓은, 동화책에서나 나오는 꿈의 궁전 같은 그녀의 별장에 처음 갔을 때다. 와! 그 예쁜 집과 옆에 흐르는 시냇물, 그 뒤로 자리한 수풀까지 얼마나 아름다운지 소름이 돋는 몸을 감싸며 입을 벌리고 서 있는데, 은님 씨가 "야, 우리 거짓말해서 돈 많이 벌었다, 그치?" 하며 웃는다. 그림이 거짓말이라고, 하긴 현실을 있는 그대로 보고 하는 게 아니라, 은님이라는 요술쟁이의 눈과 마음을 통해 걸러져 나온 게 그림이니까. 거짓말이라면 신기하고 아름다운 거짓말이다.

그곳에서 우리 부부 넷이 공주 왕자가 되어 놀고 있던 하룻밤. 은님 씨랑 심각하게 이야기하고 있는데 전화가 왔다. 난 독일말을 모르니까 내용은 몰라도 이런 전화 한 번만 더 하면 가만 안 두겠다는 말투로 꽝, 끊어 버린다.

"왜 그래? 누군데 그래? 빚쟁이야?"

"에이, 글쎄 함부르크 화랑에서 내 그림을 샀는데, 이런 것은 어떻게 거는 거냐고 묻는 거야."

하긴, 잠자리 날개같이 얇은 창호지에 앞뒤로 막 그려 놓은 거니까 그런 질문도 당연한데…….

"그래서 뭐랬어? 왜 말투가 그래?"

"나는 그림을 그리는 사람이지, 거는 사람은 아니다, 하고 끊었지. 아까 그 이야기나 계속해 봐."

내가 일어나서 노보살 도사에게 큰절을 했다. 나 같으면 밤새 걱정하다가 아침 해 돋자마자 그분들 모시고 액자집에 가고 난리가 났을 텐데. 정체성에도 단순 명료한 그녀.

또 재작년, 프랑스 북부 브르타뉴 해변에서 우리 부부 넷이서 여름을 지낼 때다. 아침잠이 많은 나를 그녀가 깨운다.

"야, 우리 그림 그리러 가자. 그냥 나와!"

그녀가 들고 서 있는 시장바구니엔 나무 주걱 두 개와 복숭아 두 알이 들어 있었다. 집 앞 아무도 없는 조용한 해변에 바닷물이 멀리 나가서 모래사장이

큰 들판처럼 펼쳐져 있고, 그 위에 군데군데 모인 물구덩이에 아침 햇살이 빛
나고 있었다. 아! 나는 큰 숨으로, 그 찬란함을 들이키고 있는데, 내 손에 주걱
하나를 턱 쥐어 준다. "그려 봐!" 하고. 그녀는 모래 위에 선을 주-욱 긋고 점을
툭툭 찍고 그리기 시작한다.

나는 퍼포먼스 아트 같은 것은 하기도, 보기도 불편해하는 촌사람인지라 엉
덩이를 쳐들고 구부려 가며 새, 나뭇잎을 그려 나가는 그 무심한 친구의 얼굴
을 보며 복숭아를 먹었다. 바닷물이 들어와 다 지우고 가면 그 위에 또 점을
찍는다. 아침 햇살, 바다, 그녀의 손짓, 그려진 나뭇잎. 다 하나의 완전한 아름
다움으로 어우러져 큰 기쁨이 되어 나를 허공으로 붕붕 띄우는 것 같았다. 나
도 곧 춤추는 여자들을 크게 그리고, 물미역을 주워다가 머리털을 만들고, 사
랑하는 사람들을 온 갯벌에 날아다니게 그렸다. 넙적한 물미역이 얼마나 예쁜
지, 입고 있던 잠옷을 벗어던지고 물미역 옷을 만들어 입고, 파래 더미로 가발
을 만들어 쓰고, 우리는 신나는 어린애들이 되어 뛰어다녔다.

뭐 퍼포먼스가 그렇게 어렵고 심각한 게 아니었다. 나중에 나온 우리 남자
들이 껄껄대며 사진을 찍기 시작했다. 그러니까 금방 재미가 없어져서 끝을

냈지만, 그녀의 그림 세계가 바로 그렇다. 꾸밈없이, 자연스럽게, 삶의 조각들이 그녀의 손끝에서 떨어지고 흘러나온다. 그 기쁨은 옆에 있는 이, 보는 이들에게 곧 그대로 전염되어 우리를 다 그녀와 같은 무심한 얼굴의 어린아이로 만든다.

　　은님 씨는 참 고마운 요술쟁이다.

서양화가 김원숙

1

꿈꾸는 나무

나는 아름다운 자연을 볼 수 있는

두 눈이 있고

마음대로 무엇이든 만질 수 있는

두 손이 있으며

가고 싶은 곳에 데려다 주는

두 발이 있고

그 모든 아름다움을 느낄 수 있는

마음이 있음에 감사드린다.

내 고향은
예술이다.
나는 그 속에서 지치도록 일하고
펄펄 뛰며
조용히 쉴 수 있다.

예술은 나를 그냥
그대로 다 받아 준다.

내
안의
두
사람

돌이켜보면 내 안에는
늘 서로 다른 두 사람이
살아왔던 것 같다.
감정적인 사람과 이성적인 사람.
이 두 사람이 사이좋게 지내야
마음도 편안해졌다.

어디 이 둘뿐이었을까.
욕심 많은 사람,
질투하고 싫어하는 것이 많은 사람,
뭔가 주고 싶은 마음씨 좋은 사람,
보채고 칭얼대는 어린아이,
때론 살기 싫어서 아우성치는 사람도
그 안에 살고 있다.

큰
바
위
가
되
고
싶
다

나는 언제나 혼자
떠돌아다니는 구름이었다.
내 마음대로 상상하고,
내 마음대로 느끼고,
내 마음대로 훌쩍거리며 살았다.
어렸을 때도 그렇고
어른이 되어서도 그렇다.

이제 나이가 오십이 넘었는데도
마음은 항상 사춘기다.
이놈의 철이 아직도 안 난다.

언젠가 바다의 큰 바위가 되어
파도가 쳐도 끄떡하지 않는
그런 여자가 되고 싶다.

나를
잃어버린
날

가을날 숲 속을 걷다 보니
땅이 없어지고
멜랑꼴리에 빠져
내가 누군지도
내가 어디에 있는지도
다
잃어버렸다.

나는 내 머리 속 깊이
나무를 심겠다
모든 꿈과 소원이
함께 자라는.

나는 이 나무를
꿈꾸는 나무라
부르고
나와 함께 자란
이 나무가
주렁주렁 열매를 맺으면
이 나무와 어디든지
갈 것이다

시끄러운 세상

이 세상은
잘난 사람들도 많고
거짓말쟁이도 많고
사기꾼도 많고
도둑도 많고
말도 많다

이상하다.
내가 이토록 펄펄 뛰어도
세상은 꼼짝도 안 한다.

How strange :
The earth does not shift however much
I wriggle and struggle

사람들이 살다 버리고 떠난 섬에 온 것처럼
모든 것이 텅 비어 외롭다.

내가 그림을 그리려 할 때마다
빈 종이가 나를 두렵게 한다.
떠오름이 없어 벌받는 사람처럼 고생한다.

나 또한 찾을 것이 없다.
얼마 후 이런 고생 끝에
내 속에 있는 장난기가 슬슬 풀어져 나온다.

이럴 때면 나는 밀림 속 타잔처럼 느끼며
투우장에 있는 것 같고,
가끔은 상처받은 부상병처럼 느낀다.
때론 긴 악몽에서 헤매는 것 같다.

가을 들판을 파헤치며 사는 두더지 같고
신들려 춤추는 무당처럼 느끼며

뭔가에 잔뜩 붙잡혀 있다.

나는 어느새
정신없이 어떤 사랑에 푹 빠져 있고
구름처럼 외로이 떠돈다.

때로는 죽음을 맞이하는 사람처럼
때로는 계속 임신한 여자처럼 느끼며
때로는 배가 고파 먹이를 찾아 헤매는 날짐승처럼 느낀다.

나, 종이, 붓
우리 모두 지쳐 있다.

내가 어디서 무슨 짓을 했는지
나도 모른다.

우리는 깊은 바다 속을
아직도 모른다

나는 집 앞에는 시냇물이 흐르고
집 뒤에는 산이 있는 작은 도시에서 자랐다.
매일 물고기를 잡고 그들과 놀았다.
때로는 밤에도 물에 나가 손전등을 켜고
물고기들이 나란히 자는 것을 보고 왔다.

어른이 되어 열대지방 여기저기 다니면서
깊은 바다 속 떼 지어 다니는 크고 작은 물고기들을 보고
그 아름다움에 놀랐고 아름다운 산호들을 보고 신기함에 놀랐다.
내가 처음 보는 것들이 셀 수 없을 정도로 많았다.

I grew up in a small town, between river and mountains.
Every day I went to the riverbanks and watched the little fish.
Even at night I was out and about with my torch
to see whether the fish were asleep.

Later, I dived passionately in many oceans and coral reefs.
There, I was particularly fascinated by the colourful fish
and the multitude of other seadwellers.

41

그
만

있어도 그만, 없어도 그만
해도 그만, 안 해도 그만
그만 그만 그만

나는 방황하는 사람
꿈꾸는 사람
계속 찾아 헤매는 사람
못 보고 사는
장님입니다

사람이 사는 것은
한 순간이다
그러기에
사소한 일 가지고
싸울 시간조차
없다

Eunhiko 2008

나는
순간과 영원을
자꾸
뒤바꾼다.
이것 또한 내 문제다

EunMienRo 2006

나

나는
나는
나는 내가 누구인지 모른다

Am
Am
Am, Don't know who I am.

두려워하지 말고
도망가지 말고
가만히 앉아
자신으로 돌아가면
그것이 당신의 집입니다.

당신의
가슴속에
느끼는 게
당신의 집입니다

원
점

내가 태어나고 죽는 것은
우연이고 당연이기도 하다.

나는 자연의 일부분이다
이것 또한
우연도 아니고
당연도 아닌 것이다.

나는 나무에 달린
나뭇잎처럼 흔들거린다.

살아 있는 모든 것은
다 원점으로 돌아간다.

내가 점 하나 찍고
그 점은 다시 선으로
그은 선에서 다시 원으로 변해
다시 원점으로 돌아간다.

나는 우연한 것이다
내가 있고 없는 것이
아무것도 아닌 것이다
나는 잃어버린 것이 없기에
찾을 것도 없다.

자연은 내가 없어도
잘 돌아간다.

우물 안의 개구리가
공주와
대서양을 오고 가는
꿈을 꾼다.

한때 세상에 없는 것이
있는 것보다 많게 느껴져
모든 것이 괴로웠던 시절이 있었다.
그때는 괴로워서 외롭고
외로워서 괴로웠다.

그러나 지금은 오히려
있는 게 많아서 골치가 아프다.
장롱 속에는 옷들이 잔뜩,
좁은 신발장에는 신발이 잔뜩,
화실에는 그림이 잔뜩,
냉장고에는 먹을 것이 잔뜩.
부자는 다른 사람이 아니고
바로 나다.

길들은 많다
앞길
옆길
뒷길
지름길
가기 싫으면
그냥 있어도 된다

다 버려라
잘난 것도
자랑스러운 것도
미운 것도
좋은 것도

어느 날은 내 몸이
바윗돌보다 더 무겁게 느껴진다.
참새들의 쫑쫑걸음이 부럽다.

자연은 쉬지 않고 원을 만든다.
자연은 나를 원으로 만들어 돌게 한다.
나는 아무에게도 붙잡히지 않는
원이 되고 싶다.

하루아침에 이루어지는 것은 없다.
한 걸음 한 걸음이 모여야
가고 싶은 곳에 닿게 마련이다.

믿음과 희망을 잃지 않은 걸음은
무한한 힘을 가지고 있다.

나를 여기까지 데려다 놓은 것은
나 자신이 아니고
시간임을 느낀다.

인
내

항상 사는 것이 아니기에
지루한 싸움을 하고 살 도리도 없다
기다리고 조용히
참고 살다 보면
그 안에 또한
예술이 있다.

붓
따
라
마음 따
라

나는 항상 벌 받는 사람처럼
때로는 무거운 짐을 지고
길을 잃고 헤매는 한 마리 당나귀였다.

그림을 그릴 때도 그랬다.
나는 붓 따라 마음 따라
그림을 그린 죄밖에 없다.

아직도 내 마음속에는
장난꾸러기 아이가 놀고 싶어 한다.

I felt like a prisoner,
like a donkey with a heavy burden on my back.
I never knew what to do with it.

Thus it was with my painting.
I only painted.
Followed my heart and amy paintbrush –

In me lives a child
who only wants to play.

73

오늘은 시간을 내어 쉬십시오.
생각도 해 보고
물어도 보고
허나
너무 어렵게는
하지 마세요.

이 세상은
좋은 것도
나쁜 것도 없고
잃은 것도
찾을 것도 없다.

도 혹은 무無

무의식의 세계는
무한한 힘의 세계이기도 하다.
이는 도道로 통하는 길이기도 하다.

순수할 때만 열리는 길,
억지를 버리면 그냥 있는 길,
가도 가도 끝이 없는 진실의 길,
그 길에서 우리는 모든 원초와 만난다.
끝이 없는 사랑,
바로 도 혹은 무無로 통하는 것이다.

예쁜 것도 귀한 것도
미운 것도 천한 것도 없이
그저 흐를 뿐인,
그러니 그저 말없이
느낌대로 살 뿐이다.

내가 아직 누군지 몰라도 상관없다.

나는 죽는 날까지

내 그림을 통해 미련 없이

모든 것을 태우며 살고 싶다.

내 고집까지 다 태워 버리고 싶다.

덤으로 태어난 인생이고

엉터리로 살고

엉터리로 갈망정

이 인생에 감사드리고

이 인생을 사랑하다가

내가 죽으면 그 나무 아래 어딘가에

'공짜로 살다 감'이라고

써놓을 수 있으면 좋겠다.

자기에게 맞는 직업을 선택한다는 것은
행복의 열쇠를 찾는 것이다.
사람은 누구나 나름의 재주와 재능을
갖고 태어난다.
이 세상이 하나의 조화 속에서
운행되고 있기 때문이다.

자기의 재능이 무엇인지 알면
다른 사람들에게는 고생스러운 일이라도
그에게는 고생스럽지 않을 것이다.
밥을 먹기 위해 애를 쓰지 않아도
그런 사람은 저절로 밥을 벌 수 있다.

그림을 가지고도 밥을 먹는 판이니
다른 것이야 더 말할 필요가 있으랴.

EunMan Ro 2005

내가 선택한 그 시간에
나는 내게 필요한 게 무엇인지 안다.
내 몸 속 구석구석에서 무엇을 원하고 있는지를 듣는다.
내 몸은 늘 조용함을 원한다.
영원을 느끼고 우주와 하나되고 싶어 한다.

내가 원하는 것은
또 다른 나와의 전쟁이 아니다.
내가 원하는 것은 마음의 평화다.
그러한 편안함 속에 있으면
나는 작은 아이가 되어 조금씩 자란다.
죽는 날까지 나는 그렇게 조금씩 자라고 싶다.

걱정도 하지 말고
가짜 희망도 갖지 말고
자랑하지도 마라
고통과 죽음을 만나러
당신은 이 세상에 태어난 것이다.

자
리

위를 보십시오
아래를 보십시오
당신이 작아지면
언제든 자리가
있게 마련입니다

당신이 가진
무거운 짐
그것은
자신입니다

적

나의 가장 큰 적은
나 자신이다.
그러기에 나는 늘 싸운다.

사람이 흥하고 망하고는
한순간인 것 같다.
한 번 성하면 한 번 쇠하고,
한 번 오르면 한 번 내려가고,
한 번 피면 한 번 시드는 것이
자연의 법칙이니
흥하고 망하는 것 역시
그리 슬퍼할 일이 아닐지도 모른다.

인도에서는 죽어서 가져갈 수
있는 것만을 진정한 재산으로 친다니
누가 부자인지 가난뱅이인지는
아무도 모른다.

이번에는 내 차례,
다음에는 네 차례

햇살이 정겹다
바깥세상이 사랑스럽다
온 세상에 믿음을 느낀다

나를 끌어가는 모체에 대한
어떤 영원을 느낀다
어느 구석 하나도 빈틈없이
꽉 채워져 있는
공간에서 공간
세상은 이 공간의 연결이다

이 빈 공간은 어느 곳 하나도 연
결되지 않는 곳이 없다
이 땅에서 달나라까지
또 내가 알 수 없는
어느 사람의 속마음까지

내가 어찌 이런 것에
사랑을 안 하고
배길 수가 있으며
두려워하지 않고
견딜 수가 있을까

고독은 항상 나를 친구처럼 따라다닌다.
행여 도망이라도 갈까 봐
나를 꼭 붙잡고 따라다닌다.
고독은 단추처럼 따라다닌다.

나는 아이처럼
장난기 있는 사람을 좋아한다.
이들과 함께 있으면 웃을 일이 많다.
여유가 생긴다.
긴장하지 않아도 되니까.

어른들의 세계는 너무나 틀에 박혀 있다.
남의 눈을 위해 산다.
옆집 사람이 흉볼까 봐 못하는 일이 많다.
어른과 달리 어린아이는
옆집 사람이 흉본다는 생각이 없다.
그러기에 자유스럽다.

아이들이야말로 삶을 어떻게 살아야 하는지
웃음으로 가르쳐 주는 나의 스승이다.

참으로 못된 세상이다.

주어진 제 생명을 다 살지도 못하는 세상이다.

나는 내 몸의 어느 기관이 고장 났을 때

이식 수술을 해서까지 목숨을 연장하고 싶지 않다.

내 힘으로 살 만큼 살다 가면 되는 것이다.

오늘 하루 잘 보내면 된다.

그리고 내일이 오면 내일 하루 잘 보내면 된다.

늙고 아프고 죽는 것은 당연한 것 아닌가.

죽는 날까지 열심히 사는 것이 우리의 숙제다.

미워하지 않고 변덕부리지도 말고.

Eunmi Ro 2005

이 세상에는 두 종류의 사람이 있다고
독일 영화감독 파스빈더는 말했다.
하나는 집 장롱과 서랍을 잘 정리하는 사람이고
다른 하나는 자기 머리 속을 잘 정리해 두는 사람.

핑계 같지만 내 화실은 늘 어질러져 있다.
누가 오는 날만 치운다.
또 내가 화실 치우는 날은
스트레스를 많이 받은 날이다.
이것저것 늘어놓았을 때 작품이 더 잘 된다.
그림 사이를 왔다 갔다 하면서 신나게 그려 대니까.

우리 집 목욕탕에는
'정리 잘 하고 사는 사람은
찾기를 게을리하는 사람이다'라고
쓴 글이 걸려 있다.

2

나는 가끔

바보이고 싶다

나는 수천 년의 과거를
현재의 시간 속으로 불러오기도 하고,
온 세상을 장난감처럼 뒤바꿔 놓는
장난을 치기도 한다.
물고기를 하늘 위에 얹어 놓고는
공기를 마시고 살라 하고,

가을에 떨어지는 나뭇잎들을
다시 주워 모아 꽁꽁 실로 묶어
떨어지지 말라 하니……
가끔은 스스로도 알지 못하는 장난에 걸려
그림을 팔아먹고 사는 엉터리가
아닌가 하는 생각도 든다.

게
으
름

피
우
는

날

오늘은

게으름 피우는 날

떠오름이 없어

할 일도 없다

그
림

그림을 그리고 있으면
그 속에서 웃고 있는 내가 보인다.
그곳에 들어앉아 마냥 편히 쉬기도 하고
때론 불꽃처럼 훨훨 날아오르기도 한다.

그곳에서 보이지 않는
무언가를 찾으려 노력하는
장님이기도 하고,
들리지 않는 것을 들으려 하는
귀머거리이기도 하다.

그림은 내게 가장 친한 벗이요
스승이요 애인이요 일이다.
이 세상의 모든 것이다.
내 그림 속에
내가 가장 사랑하는 것이 있고,
그곳에서 나의 과거와 현재, 미래가
함께 만난다.

아이들의 눈은 정확하다.
가끔 전시장에 나타난 아이들은
내 그림을 정확히 알아맞힌다.

저것은 코끼리,
저 그림은 달, 저 그림은 별…….

좋은 화가가 되려면
좋은 술
깊은 사랑
오래 참고 견디는 힘
돈
그리고
행운이
따라야 한다.

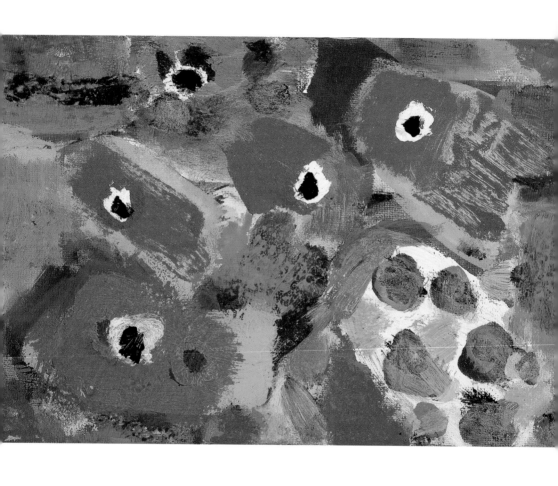

좋은 시인이 되려면
불행과
고독
그리고
계속되는 나쁜 날씨가
필요하다

나는 오래전부터
자연이 우주의 전체이고
나 또한 그 일부라 생각했다.

허나 지금은
자연을 지배하고
 또 어느 절대적인 것이
시간임을 느낀다.

이 시간은 작은 바늘귀를 통과하듯이
과거에서 현재로
현재에서 미래로
미래에서 영원까지도 간다.

나는 이런 순간을 만나면
내가 어디서 왔고
내가 누구인지
내 뒤에 무엇이 있는지

영 구별할 수 없다.

시간은 나를 불안하게 한다.
그러나 이 시간의 영원함은
나를 순수하고 단순하게 만든다.

참다운 예술은 진정한 순수함을 원한다.
모든 복잡함을 버리고 단순함만이 남아 있을 때
예술은 살아난다.

이때 누군가 문 앞에 찾아와 문을 두드린다.
여기 서 있는 귀한 손님
그는 한 곳에 또한 오래 머무르지 않는다.
이런 형이상학적인 손님
이것이야말로 내겐 진정한 예술이다.

낮
과
밤

밤에 내 머리는 큰 공사장이다.
낮에 내 발은 마라톤 선수처럼 달린다.

At night, my head is a huge building site.
By day, my feet run as if in a marathon.

달
팽
이
집

나는
달팽이집에서
천사와 악마 두 사람을
모시고 산다.

그들은 나와 함께
예쁜 꽃을 그린다.

둥
이

검둥이, 흰둥이, 노랑둥이,
쌍둥이, 바람둥이

세상은
둥이로 가득하다.

예
술

선 하나 쭉 긋고
점 하나 찍고
그러다 보면
예술이다.

꽃
밭
에
서

노란 꽃, 흰 꽃, 빨간 꽃, 파란 꽃,
와! 꽃도 많다.

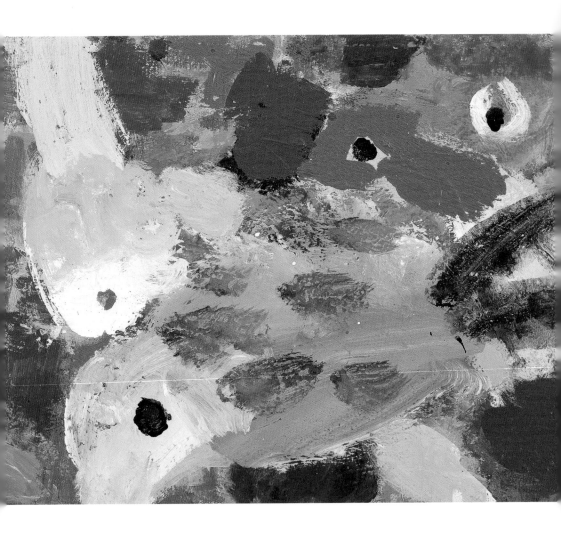

나는 굴곡이 있는 것을 좋아한다.
부드러우면서 강한 선,
부드러움이 주는 편안한 매력과
강한 것이 주는 무한한 힘의 매력

음악도 마찬가지다.
무엇을 붙잡고 터질 듯 호소하는 것.
온통 흐트러진 것 같은데 가만히 들여다보면
모든 것이 너무나 질서정연하다.
음악 속에 조용히 있을 때면
우주를 느낄 수 있다.

멀리서 바다가 보이고
산이 보이고 구름이 보인다.
내가 남기고 온 모든 것이
이곳에 모인다.
내가 만난 사람들, 보고 싶은 사람들이
이곳에 보인다.

나는 아무에게도 붙잡히지 않기 위해
둥근 것을 좋아한다.
거꾸로 세워 놔도 나,
옳게 세워 놔도 나.
이 세상이 둥근데
왜 나는 둥글어지지 못하나?
그림을 그리다 보면 마치 빈대떡처럼
익을 때까지 자꾸 뒤집는다.

나는 화통을 삶아먹은 사람처럼 붓질을 해댄다.
시원한 재미로 그리는지도 모른다.
신나게 붓으로 달리는 세계,
나는 맨발로 달리는 운동선수가 되어 있다.
그림이 웃는다.

불
안

마음이 불안하다
잡히는 것이
아무것도 없다

화가 난 어부와 비슷하다
뭔가 잡힌다는
보장이 없다

미치지 않으려면
많은 용기와
상상이 필요하다

멀리서 뻐꾸기가 운다
아,
고향이 그립다.

노래하고 춤출 시간이다.
그리고
돌아갈 시간이고
조용히 침묵을 지킬 시간이다.

나의 갈등은
불만으로 변했습니다.

나는 그들을
가두어 둘 곳이 없어
고생하고 있습니다.

조용히 침묵을 지킬 시간입니다.

나는 모든 물체에 눈을 그려 넣는다
나무에 눈을 달아 주면 잎이 살아나고
곤충들은 눈을 뜨고 날아다니고
물고기들은 눈을 뜨고 우주를 여행한다.

오늘도 어릴 적 집 앞 개울에서
헤엄치던 물고기들은 내 그림 속에서
동그란 눈을 달고
먼 시간 속으로 여행을 떠난다.

바
다
언
덕
에

앉
아

지금 막 해가 지고 있습니다.
조금 후
저녁노을과 함께
땅거미가 내려앉습니다.
난 어둠이 올 때까지 그대로 앉아
이 땅이 하늘과
잠자리에 들어가는 것을
보았습니다.

여
름
날

갑자기
번개 치고
천둥 치는 날
하늘이
무서워
나는 꼼짝도 못한다

나
비

내 마음속에는
봄나비 한 마리가
살고 있습니다.
그는
한여름의 들판과
여기저기 핀 예쁜 꽃들을
그리워하고 있습니다.

당
나
귀
처
럼

고민 속에서 태어나고
당나귀처럼
무거운 짐을 지고
나비가 되기를
꿈꾸어 봅니다.

숲 속에 서 있는 나무
갑자기 큰 회오리바람이 불어와
이러저리 흔들고 간다

한여름에

번개 치고

소나기 오는 날

개미들이

부지런히 먹이를 나른다.

자세히 들여다보니

어느 놈들은 여럿이

끙끙대며 힘들여

먹이를 들고 가고

어느 놈은

혼자서 빈손으로

빈둥거리며 간다.

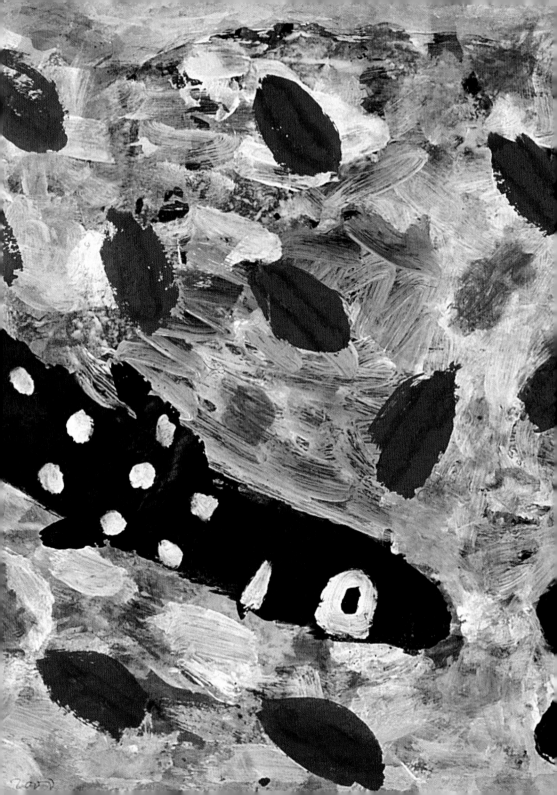

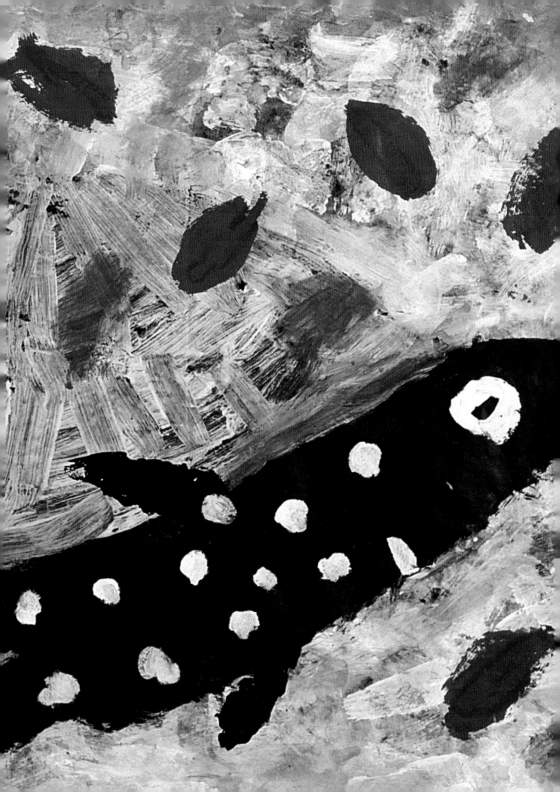

쉿!
조용히 하세요
봄이 어느새
문 앞에 와 있어요.

아직도
나무들은 선 채로
깊은 잠을
자고 있습니다.

그들의 아름다움에 죄수처럼
꽃들은 나를 꼼짝 못하게
붙잡아 놓고
나더러 그들을 그리라 한다.
예쁜 꽃 앞에서는 할말이 없다.

꽃은 항상 나를 달래 준다.
사시사철 꽃이 있다는 것이
여간 다행스럽지 않다.

철따라 나오는 각양각색들의 꽃들
그들은 아마도
나 같은 사람을 위해 온 것 같다.
꽃들은 슬플 때나 기쁠 때나 항상 나타난다.

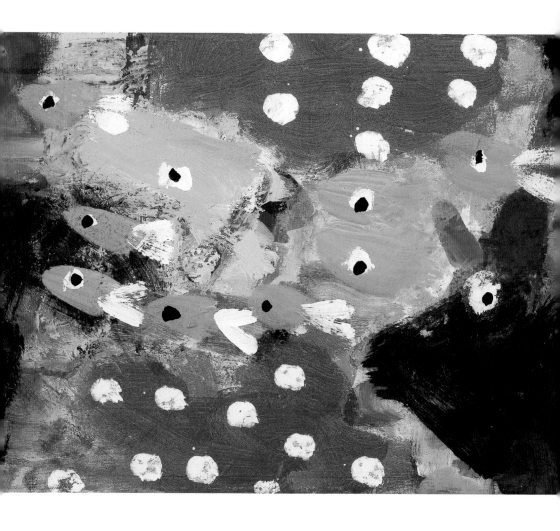

도마 위에 누워 있는 물고기를 보고
나는 묻는다.
'누구의 아들딸로 태어나 살다가
붙잡혀 여기까지 왔니?'

꽃에게도 묻는다.
'너는 어디에서 태어나
어느 손에 자라다 이곳에 팔려 왔니?'

그럴 때마다 그의 신세와 다를 것 없는 나를 느낀다.
나는 무엇에 붙잡혀 여기에 와 있는 것일까?

매일 아침저녁으로 바다에 나가
잠수 안경을 쓰고 온갖 물고기 떼를 따라다닌다.
마치 꽃밭에 있는 듯한 기분이다.

예쁜 산호밭 사이를
한번은 노랑색 물고기들이 떼지어 지나가고
한번은 앵무새고기들이 떼로 지나가고
작은 상어도 지나가고
문어도 지나가고 오징어도 지나간다.
갈치 떼는 마치 1미터 자가 둥둥 서 있는 것 같다.

뜨거운 한낮, 해바라기들이
머리를 든 채 해를 따라간다.
바람은 어느 새 옆 동네로 놀러갔고
옆집 개는 내 옆에서 낮잠을 자고 있다.

A thousand sunflowers are glowing in the midday heat.
They turn their little heads to follow the course of the sun.
The wind promenades into the neighbouring village.
The dog in the yard next to me is taking a nap.

상
상

내가 먹는 것 하나하나가 얼마나 많은지
생각해 보다가 웃은 적이 있다.
내가 죽을 때 내가 먹은 모든 것이
내 앞에 나타난다고 상상을 해 보라.
아마도 그것에 눌려 다시 죽을 것만 같아 끔찍할 것이다.
마신 물이 몇백 드럼 놓여 있고,
밥으로 먹은 쌀이 몇백 가마 쌓여 있고,
야채가 수없이 넓은 밭에 심어져 있고,
쇠고기는 수십 마리의 소가 되어 음매 하면서 서 있고,
물고기는 수천 마리가 바다에서 나와 늘어서 있고,
닭 수천 마리가 모여 꼬끼오 소리를 친다.
이것밖에 더 먹은 것이 없나.
상상은 그만해야지.
병나겠다.

흰
눈

흰 눈이
조용히 내립니다.

흰 눈은
하늘의 소식을
전해 줍니다.

겨울에
나무들이 숲 속에서
깊은 잠이 들었다.

어떤 나무는
벌거벗은 채로 서서 자고
어떤 나무는
아직도 잎사귀를 달고 자고
어느 나무는
혼자 자고
어느 나무는
둘이서 함께 자고 있다.

나는 가끔 그림 그리다 막히면
점 하나씩을 찍는다.
그게 버릇이 되어
어느새 내 그림은 땡땡이 그림이 되어 있다.
나는 땡땡이 무늬가 그려져 있는 것은
무조건 관심이 있다.
갖고 있는 물건들도 대부분
땡땡이 무늬가 있다.

옆집 화가에게 물으니
자기는 생각이 안 떠오르면 사과를 한 개 먹는다고 한다.
또 다른 화가는 일하다 잘 안 되면 청소를 한다고 한다.
사람마다 성격과 모습이 다르듯이
그림 그리는 방법도, 쉬는 방법도 다르다.

한낮에
햇볕이 뜨거워
강아지는
나무 그늘 아래서 자고
나무는 선 채로 자는데
바람만이 혼자서
잠 못 이룬 채
이리저리
왔다 갔다 한다.

바다야, 말해 다오.
너는 얼마나 많은 물고기를 품고 있니?
누가 너를 그렇게 예쁘게 만들었니?

Tell me, Ocean,
how many fish do you have?
Who makes them all so colourful?

조
심

조심하세요!
여기
생각이 많은 동물이
살고 있습니다.

짐

아무도
내 등의 짐을
져본 적이 없다.

아무도
내 신을 신고
걸어가 본 적이 없다.

나는 가끔
바보이고
싶다

나는 가끔
장님이 되고
벙어리도 되고
귀머거리도 되고
바보도
되고 싶다.

여기저기서
펄펄 뛰는 개구리들
그 사이에 개구리 한 마리가
나뭇잎에 앉아 쉬고 있다.

더 큰 점프를 하기 위해
기다리고 있다.

온 종일 눈이 온다.
내가 나를 두고
먼 길 떠나는 날

It's snowing all day.
My ego leaves me,
goes for a walk without me.

내게 긴 두 발이 있다면
이 세상 끝까지 걸어가리

내게 긴 두 팔이 있다면
이 세상 모든 것을 껴안아 주고 싶다.

작가
연보

뮤지엄, 미술관

1985 〈생동하는 미술〉, 바우하우스 아카이브 / 뮤지엄, 베를린

1987 파리국립조형예술센터, 환기재단

1988 위버제 뮤지엄, 브레멘

1990 세계문화의 집 (하우스 데어 쿨투어 데어 벨트), 베를린

1991 〈동물〉, 뎀호어스트 시립갤러리, 독일

1992 〈가벼운 짐과 함께〉, 세네갈국립미술관, 다카

  〈한국현대미술〉, 국립현대미술관, 서울

1994 〈열린 바다〉, 쿤스트너하우스, 오슬로

  레오폴드 회쉬 뮤지엄, 뒤렌, 독일

1996 레클링하우젠 쿤스트뮤지엄, 독일

1997 〈인간과 기계〉, 국립현대미술관, 서울

1998 갤러리 폰데어밀베, 개관 10주년 기념전, 루드비히 포럼 뮤지엄, 아헨

1999 〈마리타의 정원〉, 툰운트탁시스 시립갤러리, 미헬슈타트

2000 〈처방에 따른 예술〉, 뮤지엄 라팅엔, 라팅엔, 독일

2001 〈전통과 개혁, 한국현대미술〉, 에센 쫄페어아인 뮤지엄, 에센, 독일

2004 오덴발트 뮤지엄, 미헬슈타트

  빌라흐 시립갤러리, 오스트리아

갤러리

1977   아포하우스, 비엔나

1979   〈흔적을 남긴 그림들〉, 갤러리 포오르트, 함부르크

1980   〈한지로 만든 잎사귀들〉, 갤러리 레스포토, 함부르크

        〈누구를 속이느냐〉, 파브릭, 함부르크

1982   공간화랑, 서울

1983   〈식물과 돌〉, 쿤스트카비넷, 뮐하임, 독일

        〈인간새〉, 크리스텔 부어마이어와 퍼포먼스, 디 벨트, 함부르크

1984   갤러리 캄머, 함부르크

        갤러리 그루페 그륀, 브레멘

        〈한스 티만과 제자들〉, 함부르크 쿤스트하우스

        〈예술가 – 낯선 문화〉, 쿤스트라움, 본

        〈날씨〉, 제2회 북해연안 심포지움, 쿡스하펜, 독일

1985   스콥갤러리, 로스엔젤레스

1986   〈4가지 요소〉, 그나덴키르헤 교회 설치 및 퍼포먼스, 함부르크

        혜트아폴로하우스, 아인트호벤

        〈바다〉, 자인소스 갤러리, 브레멘

        원화랑, 서울

        로트링어슈트라세 퀸스틀러 베르크슈타트 초대전, 뮌헨

        〈소유냐 유지냐〉, 함부르크 항구 슈파이혀슈타트

1987   데빗슨 갤러리, 시애틀

        〈하늘의 제작소〉, 퀸스틀러하우스, 함부르크

1988	올덴부르크 미술협회전, 올덴부르크
	〈봄의 전달〉, 기아노쪼 미술협회, 베를린
	갤러리 호어스트 디트리히, 베를린
1989	필립 규미오 갤러리, 브뤼셀
	〈1001 밤〉, 갤러리 카트린 라부스, 브레멘
	캄프나겔 파브릭 K3, 함부르크
	더아폴로하우스, 아인트호벤
1990	갤러리 스파이어 젬믈러, 킬
	갤러리 시몬 꼬냐, 바젤
1991	〈빨간 실〉, 오버벡 게젤샤프트, 뤼벡
1991	갤러리 발터 비숍, 슈투트가르트
	갤러리 현대, 서울
	갤러리 카린치아, 클라겐푸르트
	〈독일작가 9인전〉, 우비노 팔라쪼 듀칼레, 이탈리아
1992	〈36공간〉, 제9회 도쿠멘타와 나란히, 베를린
1993	로베 갤러리, 뉴욕
	호르다란트 쿤스트센터, 베르겐
	〈열린 바다〉, 쿤스트너 하우스, 오슬로
	〈노은님과 제자들〉, 케딩엔 미술협회, 프라이부르크(엘베)
1994	블라우에 파브릭, 드레스덴
1995	갤러리 시즌스 라마커스, 헤이그
	갤러리 폰 뢰퍼, 함부르크

갤러리 에피쿠어, 부퍼탈, 독일

갤러리 레푸기움, 로스톡, 독일

〈신진작가전〉, 브레멘 컬렉션

〈남동생 새, 여동생 꽃〉, 카린시아 갤러리, 오시아크, 오스트리아

현대미술협회전, 브레멘

1996 갤러리 폰 데어 밀베, 아헨

1997 〈미술기록〉, 함부르크 쿤스트하우스

1998 〈꽃 한송이 – 하나의 우주〉, 갤러리 판데루, 뮌헨

〈새로운 자연으로서의 예술〉, 오버피난츠디렉치온, 뮌스터, 독일

〈동물들〉, NE 갤러리, 담슈타트, 독일

1999 〈개구리와 우주〉, 갤러리 폰 뢰퍼, 함부르크

〈동물의 세계〉, 마틸덴회에 세쎄씨온, 분리파, 담슈타트

〈우리는 색의 빛 속에 살고 있다〉, NE 갤러리, 담슈타트, 독일

2000 갤러리 예세, 빌레펠트

〈별과 달 사이〉, 갤러리 호어스트 디트리히, 베를린

〈동·식물의 연금술〉, 갤러리 로테, 프랑크푸르트

갤러리 비테벤, 암스텔담

2001 〈자연과 나란히〉, 갤러리 그루페 그뤤, 브레멘

공간화랑, 부산

2003 갤러리 마가레타 프리젠, 드레스덴

2004 〈다시 오는 봄〉, 갤러리 현대, 서울

릿체뷔테 성, 쿡스하펜, 독일

	〈점 하나, 나 하나〉, 두가헌 갤러리, 서울
2010	갤러리 로테, 프랑크푸르트
2011	〈가장 행복한 날은 오늘〉, 갤러리 현대, 서울
2012	앤드류 사이어 갤러리, 로스앤젤레스
2013	갤러리 페터 보햐트, 함부르크
2014	갤러리 판데루, 뮌헨
2015	〈내게 긴 두팔이 있다면 모두를 안아주고 싶다〉, 갤러리 현대, 서울
	베를린 한국문화원 갤러리
2016	FIA, 아모어바흐, 독일

비엔날레, 아트페어

1985	〈평화를 위한 비엔날레〉, 함부르크 쿤스트하우스
1990	FIAC 프랑스국제아트페어, 파리
1994	제5회 국제종이미술비엔날레, 뒤렌
1996	아트 베를린
1999	아트 쾰른
2000	아트 프랑크푸르트
2000	아트 칼스루헤
2006	제2회 데셍비엔날레, 아이스링엔 미술협회, 독일

어워드

1975-79 KAAD 장학금

1982 본 쿤스트퐁즈 정부 장학금

1982 함부르크시 미술 장학금

1984 뵙스베데 장학금 및 레지던시

1985 BDI 미술상

1986 뮌헨 빌라 발트베르타 장학금 및 레지던시

1995 서울 명예시민으로 선정

2006 재외동포 사회발전 유공 대통령 표창 (문화예술 분야)

2015 제18회 KBS 해외동포상 문화예술 부문

공공장소 환경미술

1997 함부르크 알토나 성 요하니스 교회 유리 조형

1998 서울 농심재단 벽면 조형

1999 서울 LG 강남타워 벽면 조형

2001 경기도 문막 오크밸리 교회 유리 조형

저서

2007   시화집 『물소리, 새소리』, 나무와숲, 서울

2004   에세이집 『내 짐은 내 날개다』, 샨티, 서울

2000   시집 『별과 달 사이』, 호르스트 디트리히 갤러리 출판, 베를린

1997   에세이집 『내 고향은 예술이다』, 동연출판사, 서울

다큐멘터리

2014   KBS, 〈The 18th KBS Global Korean Award〉

2006   전주 KBS, 〈Happy End, 세계의 전북인 노은님〉

1998   TV NDR III, 〈성 요하니스 교회의 새로운 창, 한국인 노은님의 예술〉

1997   TV NDR III, 쿤스트슈트라이프취게, 〈나는 항상 그 중간에 있다〉, M. L. 뵈메

1989   〈내 짐은 내 날개다, 예술가 노은님〉, B. 쿠젠베르그, 52분, 16mm, 컬러

1988   TV NDR III, 쿨투어 악투엘, 〈노은님 초상화〉, D. 폰 드라덴

초판 1쇄 펴낸날 2007년 7월 10일
개정증보판 1쇄 펴낸날 2016년 10월 21일

지은이 노은님
그린이 노은님
기 획 권준성 이승란
디자인 design Vita 김지선 이차희

펴낸이 최윤정
펴낸곳 도서출판 나무와숲 | 등록 2001-000095
주 소 서울특별시 송파구 올림픽로 336 1704호(방이동, 대우유토피아빌딩)
전 화 02)3474-1114 | 팩스 02)3474-1113 | e-mail namuwasup@namuwasup.com

저작권자 ⓒ 노은님, 2007

ISBN 978-89-93632-56-9 03810

이 시화집의 표지와 내지는 한솔제지 몽블랑과 매직도트 백색을 사용하였습니다.